稼働する人形

長谷川美緒

七月堂

目次

目次

稼働する人形

かたかたと進む木製のおもちゃ

わたしは逃げる
わたしは逃げる
わたしは
逃げるわたしのいないところまで
逃げる
走って
走って
足が
なくなるまで
もう逃げなくてもよくなるまで
腕を振り足で蹴って

ぶるんぶるんと肉を震わせ
肺に空気を出し入れして
進む
このまま
動かす器官を脱ぎ捨てて
背後も捨てて
前も捨てて
いなくなるところまで
逃げる
わたしはわたしから
逃げる
わたしは逃げる
まだ涙なんか流している
わたしは逃げる
全速力で

速度を振り切って
逃げる
逃げる
わたしは

かたかたと進む木製のおもちゃ
ショーウインドウに飾られて
目も鼻も口も髪の毛も服も
艶めくペンキで描かれたおもちゃ

はじまり

せとものの皿になる
夢をみた
ぶつかってみる
こわれないように
またぶつかってみる
こわれないように

狂うことは簡単にできる
坂を転がりおちればいいので
いくつかの安全装置をはずせば
すぐにでもできてしまう

こわれる、は
慎重に行わなくてはいけない
ぶつかってみる
こわれない
もうすこし強く
ぶつかってみる
ひびが入る
もうすこし
くしゃり
とろりとつめたい
きみが
もりあがって
ふるえている
床の上で
しろい殻は無残なすがたで

息をつく
せとものの皿になる
夢をみていた
こわれてしまいたくて
でもこわいから
そっと　そっと　ぶつかって
すこしずつこまかなひびをつくって
ようやく
きみが産まれた
これでよかったのだ
そう言って
殻は眠ってしまい
じっと聴いていたわたしは
目覚めるための準備をする

おばけ

おばけが見えるのよ
と女が言った。
なんのことだかわからなかった。
それをおばけと呼んだことがなかった。
おばけとは
絵本に出てくる、もやもやと白い、目が一つだけのあれのことだ。
足がなく、半透明の、未確認浮遊物体とされるもの（たぶん）だ。
おばけなんかいない、
とわたしは言った。
女は泣きそうな顔をして
見えるのよ

と言った。それから眠ってしまった。
わたしは彼女の肩にそっと、毛布をかけてやり、
ちいさな音でテレビをつけて
冷やごはんを出してあたため
卵を溶いてフライパンに流し
とつぜん、幼いころのことを思い出した。
それをどう言っていいか、わからなかったころ
ただしゃくりあげて泣いていたこと
大人が困って、わたしを揺すり
飴でもたべるか
ねむいのだろう
と、やさしい声で繰り返したこと
おばけという言葉は知らなかった
だから、そこには何もいなかった

追憶・para

ぱら、ぱらぱらぱら、ぱら、あら、あめだ、とお母さんの声がします、ああらあら、洗濯もの、あーら、濡れてしも。ばたばたばた、はばたくような音が枕もとを駆けて過ぎ、遠くなる。王宮のバルコニー、ベランダのとびらががらりと開いて物干し竿のぐいぐいしなる音。ぱらぱらぱら、は、ばた、ばたばた、ばたばたばたばたばたに変化して、うわあーっと誰かの声が細く混ざりばたばたばたばたばたはさらに激しく強く打ち、声を消しつぶす。

ばた、ばたばたばた、ばたぼた、ぼた、どんどん。どん。と花火まであがる。もちまきの日に集まった人たちはわれさきにとあめがまかれるしたへ手を伸ばし、また伸ばし、うねって、叫び、なぎたおれてばらばらになる。あいまへばらばらとあめ玉が、マシュマロが、豆の菓子が、かきもちとあられが、まだあるぞおほおらこっち、今度は遠くへ、そおれえ、にぎやかでにこやかな法被から伸びる手がどんどん、どん、つかみ出しては放り、また放ってはつかんでは放り、湧きつづける水のように、光のように、ばらばら、からから、からからら、笑い声に組み込まれて終わらない、お祭り騒ぎ。

から、からからから、ころからこら、かれてかたく反りかえった落ち葉が、みちのうえをころがりながら過ぎ、ぱたぱたぱた、かすかな音が混じるのに耳をすまし畳へ耳をつけて横になる。から、ころからころ。こ。か。ら。などが水を失って枝から離れ、家のすぐ脇の公園の地面に落ちてころがり止まる。またころがって止まる。水色の金網で囲まれた公園はからっぽで、土のうえにからころと音そのものになった落ち葉たちが、ところどころに赤くまた緑がかって、茶色く、まるまってころがるまま、またもまどろみ眠り込む。

むむ、むくむくむく、むあぁー、ふ。目じりににじんだ水をぬぐうと、ガラス戸はもくもくと曇ってもう向こう側をなくしている。文字を書くために手を伸ばすけれども、何も浮かばずにふわ、うわ、むや、宙をつかむ指が沸きたちそうな水を予感して動きをとめる。しゅん。だれかいるの。返事をしてよ。すん、くしゅ、あ、またはだけて。降ってきた、積もるわ。はた、はた、はためくものが遠ざかり、はら、はら、はら、落ち続けて。

掘削工事

船のよこはらが
氷山にぶつかり
そこに凍ったものがあることを
わたしは知る
知っていた、
ほんとうは。
知っていて
どうにも出来ずにいるのを
隠したくて
誰も来ないようなところへ
追いやっておいたのだ。

がりがり、と
凍ったくずが
甲板に散り
海に落ち
わたしは目を見開いて
暗闇に浮かぶ氷をみつめる
地球が温まる一方で
肥大していった　それを

いま
船のよこはらが
けずって進む。
つめたい傷を受けながら
大洋の果てで。

沼

僕はね、目をそらしていたいんだ、
そこからね、
わかるだろう
でね
君はどっちかというと
足首までずっぽり、はまっていると思うんだ
不愉快にさせたらごめん
いや僕にも覚えがあって
子供の頃にね
何かの拍子に
道の端の

田んぼの畝の
真っ黒のどろどろの中へ
足を突っ込んじゃって
動けなくって
一時間くらい
笑っちゃうよね
ひとりぼっちで
半べそかいてさ
どんどん暗く
寒くなってくるし
このまま足が
湿ったちいさな微生物に
ずぶずぶかじられて解体されて
樹みたいに　ずっと
立っていなきゃいけないんだと思った

友達のお父さんが通りかかって
それから友達も来て
笑いながら
せーの、で引っ張ってくれて
ずぽんと抜けたんだ、ひどいものだった
足はすっかりべつのものみたいで
腐った葉っぱと泥と藻にまみれて
くさくてくさくて
何度洗っても
においが取れなくて
街を歩いても
ものを食べても
友達としゃべっていても
どこかくさっているような気がしていた
ずいぶん、ながい間

もしかしたら
昨日くらいまで
それとも今日君に会うために
ここの扉を開ける直前まで
もしかしたら
ついさっき
君がまっすぐ僕の目を見るまで

瞳の奥の　森の中にある
まっくらの底なし沼に
足を突っ込んでもう長いこと
身動きができずに震えている
ちいさな子供が
いるんだ、ほら
わかるだろう?

獣

人間ではなくなるときが近づいてくるのを、じっと待っている。もうすぐ世界は、あるいはわたしの体は、弧を描いてくるりと反転し、内膜と外界とのこすれ合い方が変わるので、わたしはもうさっきまでと同じものではいられない。白は黒に、静けさはざわめきに、海溝は山脈に、恐怖は快楽に。世界の半分のすべてが終わって帰宅したのち、くるりと服を脱いで、内側は外側になり、隠れていたものが剥き出しになる。森に風が吹いて木々がざわめき、わたしだけの言語だったものが外にほとばしり出る。洞窟の内壁を擦るように、喉の奥から実体のないものがやって来る。それは始まりの前であり、終わりの後。漆黒に塗られた背景、切り抜かれた色紙の空白。

王国

八角形のハチノスの中で
丸まって眠る幼虫だった

水と空気の境をまたぐように
ガラス張りの壁を出入りして
おないどしの幼稚園生はみな
社交ダンスを習いに行くのに
わたしだけが眠くてたまらず
埃っぽくてやわらかい部屋の
揺りかごの奥で夢を見ていた

繭を割って羽を伸ばし
食べものを捕りに発つ者たちの脇で
羽も甲殻も針も持たずに
わたしは外を眺めている
蝋のサンプルのようにうつくしく
わたしのものにはならない世界を

髷をばらん、とほどくように
ガラスをがらんと割ればいい
溢れ、なだれこんでくるものを
尖って飛び出た不揃いの歯と
分厚く艶めいた唇とで
咀嚼し
呑みくだしていく
一個の口になればいい

世界を自分のものにするために
生白く幼い体を
際限なくふくらませて
世界そのものになればいい

八面のガラスに囲まれて
たった一匹のハチノコは
王のようにすべてを持ち
王のように孤独である

眠りの森の美女のおはなし

ぶつん、と停電した。

音楽が途絶えて、まわりのいっさいが沈黙した。

食事中だったのに。楽しくおしゃべりしていたのに。

少女は溜め息をついて、ナイフとフォークを置いた。

まわりの人たちはみんな、動きを止めている。

お父さんもお母さんも、微笑みを顔に張りつかせたまま（暗くてよくわからないけど）、
ぎしっと動かなくなった。

もう、こんなにしょっちゅう停電してほしくない。

わたし以外の人がみんなデンキ仕掛けだってこと、せっかく忘れて過ごしてるのだから。

少女は暗闇の中で、かたんと音をさせて椅子を引き、
隣の部屋のブレーカーのスイッチまで、歩いた。

これからどうしよう。

暗闇の中で少女は、ほんとうは少女なんかじゃないことも少しだけ思い出したりして、どきどきしながら、歩く。

ひとりなんだ。ずっと、ほら、あのときから。あまりにも広すぎる屋敷の中で。

聞いたこともない他人の声がする。

食道よりも、胃よりも、腸よりも、肛門よりも、ずっと深い、汲み取り式便所の底くらい深いところから、聞こえてくる。

どきん、どきん、と鼓動が膨張して、空間を満たす。

ブレーカーにたどり着いて、スイッチに手をかける。

跳ね上げればいい。それを。ひと息に。

また音楽が始まって、みんなが笑顔で動き出すよ！

壁に穴が開いていてそんな声がする。ああそうだ、そうだった、また悪夢に落ち込むところだった、たまにこうなるのよ、困ったことだわ、停電なんてするからいけないのよ、アンペアを上げてもらいましょう。そうだわ、そうだわ。

腹の筋肉のすじが震えて声が束になり、合唱を始める。そうだわ、そうだわ、わたしはひとりじゃないんだもの。

少女は目をつぶったまま、口の端を少し持ち上げて微笑む。「まだ目が覚めませんね」静かな声が遠くから聞こえる。

自動消灯装置

帰宅した時にはいつも
わたしはわたしの体を
できるだけこまかく切り分けて
世界に渡してしまったあと

他人を訪問するたび
わたしはわたしの手をはずして
客間のテーブルの上に置く
人は手の形などを褒め
うやうやしくいただいて
綺麗なハンカチを敷いた

棚の上に飾る
不具の体は
どこでもあたたかく迎えられる

拾い集める者を欠いた世界で
それらの余熱はもうすぐ冷め
光の中でオブジェになる

だから時限装置をセットした
闇が訪れるように
闇の中でようやく
他人だった体は
くっつきあって
穴になる

明け方
体をまるめていた
湯船のように暗いところで
目覚める

時鳥

待

遠くから足音が聞こえてくる。扉がキイと開き、燭台の火先が揺れる。顔を見せた主人の目の下の隈は深く澱み、正装の上着の裾はほつれ始めている。「今日も来なかったのだな」暖かく準備された広い食堂で、彼は溜め息をつく。客用につくらせた上等の椅子。ナプキンと真っ白な皿。配膳台の上で給仕されるのを待つばかりの食事とワイン。肉や魚はもちろんのこと、付け合わせの野菜からパンに添えるバターまで最高級のものを調えて、熟達した料理人を雇い、銀のカトラリーを磨きあげ、テーブルクロスと花を毎日代えて、夏には庭にも食卓をしつらえ、冬には暖炉の薪に常に気を配り、そうやってどれくらいの年月を過ごしてきただろう。

街では、粗末な粥すら用意できないあばら家のようなところへふいに訪れることが何度もあると聞く。労働に時間を奪われ疲れきった家主が門前払いにすることも珍しくないそうだ。ここには万全の態勢が整っているのに、なぜ来ないのか。どこかにまだ足りないものがあるというのか？

いっそのことそのあばら家の主人と身分を取り替えたいくらいだ……。懊悩する彼に、いつもと変わらない穏やかな声でわたしは訊く。「メインは肉になさいますか、それとも魚？」彼は答えず、椅子に座って目を閉じる。まったく唐突に、汲みつくせないほどの豊かな魔法を掘り当てた彼の先祖は、満を持して入念な待機のための屋敷を建てた。それまで夢に見ているばかりで、ずっとできずにいたことだった。先祖は待ち始めた。来るべきもののために、妻を迎え子をつくり、待つことを絶やさぬ仕組みを整えて。ふと手を離れた毛糸玉のように長い長い年月――数えることを誰もがやめてしまうくらいの、気が遠くなるほどの時間がそのとき始まった。毛糸玉は転がり続け、やがて人々の意思も記憶も届かない暗い淵へ呑みこまれて見えなくなった。

毛糸の端だけが世代から世代へと受け継がれ、いま彼の手もとにある。彼は目をひらき、骨ばった左手の薬指にぐるぐると巻き付けられた毛糸の束を無意識にまた、なぜる。物心つく前から握って放さないようにと言い含められ、今ではすっかり彼の身体の一部になってしまっている、色褪せた軛を。——ふいに彼は卓上のナイフを取り、薬指から細く伸びた毛糸にすっとあてがう。屋敷がぐわりと揺らめく。あの毛糸玉はどこを転がっているのだろう、深さなどとうに失くした、闇よりも濃い闇の中心へ向かって、ただひたすらに？「スープは、あるか」陽炎が消えるように部屋がまた落ち着きを取り戻すと、彼は力なくナイフを置いてつぶやく。「スープをまず」万事抜かりなく。わたしは微笑んで、床に落ちたナプキンを拾い上げ、温めておいたスープをよそうために厨房へ入って行く。

捕

捕まえた、と思って腕の中を見ると女は死体である。またか、と呟くのにも飽きて、しばらくその体を抱いている。生きていた時の柔らかくしなやかで俊敏に笑い声をたてていた姿はどこかへ消え失せ、いまわたしが抱いているのは、少しずつかたまって石化していく灰色のオブジェ。水を蓄えていた時よりも軽く、整っていて、何ものも寄せ付けない気品がある。触れていても体温が移ることはもうない。つめたく無機質な表面を指でなぞる。

うつくしい。しかしうつくしさに何の意味があるだろう、これは彼女ではない。溜め息をつき、河原の丸石にもたせかけるようにしてその形を置く。振り返ると女に見えていたものは石である。魚か何かがふいに跳ねて、薄暗い岸へ飛沫が散る。水の中にも、空気の中にも、跳ねるものがいる。

もう、手を伸ばすのはよそう。幾度そう思っても、薄闇が降りると河原へ向かってしまう。かつて、鉱脈や原石を含むさまざまな石を採集しては自宅に持ち帰り、ルーペで仔細に観察したり、仕切りのついた箱に一つずつ保管したりして悦に入っていた。想像もつかないほど太古の昔に存在した跳躍を、匂いを、温度を、閉じこめて自分のものにできることが誇らしく、またこれほど見事なコレクションを持つ者はいないだろうと自負していた。標本箱を増やし、大きな石を並べるための棚もこしらえて、いつか小さな博物館をつくることまで画策した。彼女に会ったのは闇がまだ透明度を持っていた夏の暮方、いつものように、ごろごろする石を踏んで河原を歩いていた時だった。ふと目を上げると、濡れた真っ黒な瞳が恐怖と戸惑いを湛えたブラックホールのようにわたしを捉えている。すっ、と体が硬直した。どこまでも沈んでいけそうな柔らかい闇にずぶずぶと呑みこまれそうになるのを、踏みとどまって、すべらかな肌に目を移すと、我に返ったように彼女は動き出し川の流れに身を躍らせた。あっと思って駆け寄った時には細かな鱗に覆われた尾がちょうど水の中に消えるところで、伸ばした手は空をつかんだ。どんなに目を凝らしても、もうどこにもその姿はない。靴の先を水が舐めた。その水際の石の窪みに、小さな金の櫛が置き忘れてあった。わたしはそれを拾い上げて家に帰り、翌日、集めた石をすべて持ち出してきて捨てた。そうして次の日も、また次の日も、勤めが退けると河原へ降りて彼女の姿を捜した。

ひらりと横切る尾びれは、捕まえた、と思った瞬間、その思いを嘲笑うように石化を始める。見るともう彼女ではない。どこかで見た覚えのあるありふれた彫像で、土産物屋の店先か本のページの奥に、いくらでも見つけることができる類のものだ。けたけた、と姿を持たない笑いだけが闇の中を駆けていき、失望と恥ずかしさとに唇を噛みながらわたしはそのまがいものを置いて立ち上がる。

ひゅる、と何かが過ぎる。ポケットに入れた小さな櫛の歯を指に立て、目を伏せてわたしは歩く。月が明るい。

ノックの音。「どうぞ」と声をかけると扉が開いて、ひょろ長く痩せた若者が一礼して入って来る。椅子に掛けるよう促すと、彼は立て板のごとくぴしりと四角い大きな書類鞄を椅子の脇に立てて置き、座る。「お名前を」「サトウ・スズキです」「出身は、群馬か」「はい」「今日は新幹線で？」「いえ、夜行バスで。節約のために」「なるほど」三人の面接官のうち、わたしだけが初回から面接の場にいて彼と面識がある。「今日は最終面接だから、まあざっくばらんに、お互い話ができればと思うんだが」「よろしくお願いします」まじめそうな学生だ。わたしは初対面で彼に抱いた印象を再び胸の内に呼び起こす。眼鏡の奥の目にこれといった表情はなく、終始抑揚のない穏やかな声で――よく言えば落ち着いた、ともすればやや神経質にもとれる声で的確に受け答えをする。「うちは医療機器メーカーだけれど、きみは事務職を希望ということだね」「はい。子供の頃、体が弱くて、定期的に病院で検査を受けていました。その時お世話になった検査技師の方が御社の社員だと知ったのです。検査の場では誰もが不安になります。そういった場を少しでも居心地良くするための仕事が、御社ではできると思いました。僕は大学で文学を学びましたので、技術職としてではなく事務や営業の面で力を発揮したく思っております」すでに耳慣れた志望動機を、彼はよどみなく繰り返す。わたしの隣では、役員二人が納得したように大きくうなずきながら手もとの資料をめくっている。「ところで、サトウ君」いくつかの他愛のない質問と返答が交わされたのち、面接官の一人が口をひらく。「任意提出のポートフォリオは、持ってきているかな」彼は初めて少し不安げな表情を見せる。「任意ということでしたので……あの、僕は誰かに見せられるようなものを作ったことがなくて、提出するものはありません」問いを発した面接官はわずかに眉をひそめて椅子の横へちらと目をやる。「しかし——そのカバンは？」三人の視線がいっせいにその、画板ほどもある鞄へと集まる。奇妙な沈黙が流れる。観念したように彼はおずおずと鞄の口を開け、ひどく時間をかけて、中から鞄とぴったり同じ大きさの巨大な板チョコを取り出す。部屋は静まり返ったままだ。中身を抜かれた鞄がへなへなと床の上に崩れていく。「これがないと、どうも気分が安定しないものですから」彼はきまり悪そうにぽりぽりと頭を掻いて続ける。「今日は緊張するだろうと思いまして、できるだけ質の良いものを用意して臨んだのです。……良ければ、いかがですか」銀紙の端を破きかけた彼にようやく先ほどの面接官が声をかける。「いや大丈夫だよ、ありがとう。何だかプライベートなことまで、すまなかったね」「そうですか」チョコレートを元通り装填し、再び四角くなった鞄を手に彼が一礼して部屋を出て行くと、一瞬の間をおいて、三人のあいだの空気が緩む。「どうかね」「わたしに訊くんですか」「面白いと思いますが」「やっていけんだろう」「だめですかね」「のどが渇いたな」「お茶、淹れましょう」「さっきのチョコ、もらっておけば良かった」「甘いものお好きでしたっけ」「ハハハハハ」

有史以前

剥離していく

ぼろり、と
百合根のように剥がれおちる
こんなにも
なめらかな鎧に覆われていたのだ
むきだしにされたわたしのからだ

いつまでも
ほんとうのことを語れないのは

いつもことばが雄弁に
ほんとうのことを隠すから
そもそもほんとうのことは
ことばでできてはいないから
語れば語るほど
わたしは百合根のように着ぶくれて
人間の姿にみえるらしい

ことばのかたまりを剥がしていく
肩口から
腰から
ふくらはぎのうしろから
ぽろり、と
手のなかに
わたしのストーリーがおさまる

誰が初めにその生地を捏ねたのか
忘れてしまった
すこし甘い香りがする
部屋の床に積まれていく鎧のかけら
むきだしにされたわたしはもう
わたしですらないかもしれない

万年水

霧雨ほど注意しなければならない、と
むかし母親がおおまじめな顔で
言っていたのだった
濡れていないと思っていても
水は肌からしみこんで
からだの奥へ浸透する
気づかないうちにしめりけが
ぐずぐずと巣食うのだから
傘を差すことを怠ってはいけない　と

雨のもたらすやまいを

彼女はおそれていた
それがどんなやまいであるのか
わたしには見当もつかなかった
あの頃は
手を伸ばせば届くところに
傘がたくさん置いてあった
乾いた後できっちり畳まれ
玄関に立てかけられて
霧雨をわたしは好きだった
触れてはいけない理由など分からない
雨を避けて暮らすことに
反発をつよめてからは
小雨にも大降りの雨にも
すすんで肉体を差し出した
世界に濡れてまじわるとき

わたしはすべてに君臨する
とにかく誇らしいのである
濡れたものも乾かないうちに
ふたたび外へ跳び出して
家には寄りつかなかった
からだに張りつく水気は
苔の生えた万年床のように
全身をやわらかく包みこみ
やがて湿った布団の中から
極彩色の夢の胞子が漂い始める
わたしは胞子を胸に抱いて
大切に大切に育てた
あざやかな色が肌の上に
ゆっくりと延び広がって
すきまを埋める

その頃しみこんだ雨粒が
深い場所に溜まっていて
時おりひょっとしゃっくりする
つめたく残るやまいのたねが
肉を　神経を　骨をおかして
わたしをみじめな骸にする
はやく屋根のあるところに入り
台所の火を熾さなくては
そう思って一散に走る
わたしだけの部屋にたどり着き
扉を閉めて鍵をかける
夢の名残を乾かすために

学校

産まれてきた子どもは
学校に行かなくてはならない
ぴったり同じ規格の
正方形の升目に
ぶよぶよとこぼれそうな
できたばかりの体を嵌めて
はみ出た部分を量られるため

彼らの持って産まれた脂肪は
乾いた白木の升のふちから
あふれ　流れ出す

教師はそれを掬いとり
グラム数を記録する
痛くて寒くて助けは来ないので
放課後の教室は
こぶをもがれた爺のような
子どもたちの鳴き声でいっぱい
そのうちにひとり　またひとり
鳴き声が弱くなり
削られる分量も減って
人間に似てくる

わたしはとても太っていて
卒業する年になっても
入学したての頃と同じ量だけ
相変わらずこぼれていた

教師はいつもため息をついて
わたしの脂肪を量ったあとの
べとべとする手を眺めた
教室の中で
わたしだけがまだ鳴いている
声は少しずつ
けものの咆哮になり
皆が振り向くたび
わたしは彼らの瞳の中に
もうほとんど人間ではない
自分の姿を見る

父の夢

父というものの夢をみた
誰もまだいなかった頃の
古代の地層がめくられて
ふるいにおいが鼻を突くように
父がいた
たしかにその人は
わたしとどこかが地続きなのだ
わたし　なのだと言ってもいい
子宮の中にいる時から
少しずつ他人になって
今も着実に進行形で

他人になっていく母とは違う
父とわたしとは
ともすれば同じなのだ
同じひとつのからだを
わけて使っている相手
二人のあいだには
透明な渡り廊下があって
その端には鏡像のように
互いがいる
ここを歩いて行けばきっと
わたしたちは重なる

塔の中の庭

塔の中にある扉を偶然、開けてしまう。そこは外なのだった。塔の中心は吹き抜けの庭で、とりどりの気球が草の上で休んでいる。膨らんだ気球の肌に触れてみる。帆布。この扉を開けてみるために休暇を出されたのだとあなたは思い出す。そんなことを言われたわけではないが、とにかく思い出した。体験しなかったことを思い出すのはちょくちょくあることだ。

気球の頭を押し分けて庭へ降りてみる。気球たちはくらげのように黙っている。中で機械のようなものがカラカラと鳴っている。規則正しく。ゴム底が草に触れる。空は見えない。どの気球もまだ揺れるばかりで、飛んでいきそうではない。帆布の下に結ばれた籠の中に、紙きれが一枚ずつ入っている。

折り畳まれた紙きれを拾い上げて、ひらく。誰かの手のひらのように、柔らかくて少し湿っている。そこにある折筋が何かを示す記号なのかただの筋なのか、あなたにはわからない。以前も同じ思考の筋をたどったことがあった。かつては水が流れていたのだろう、乾いてひび割れた大地の、溝の底を歩いていたのだった。時計はとうに使いものにならず、砂時計が幾瓶もできるほどの黄色い砂漠を踏んで、枯れ川の向かう先へただ歩いた。

彼女のちいさな手があなたの指をさぐり、にぎった日のことばかり繰り返し思い起こされる。友達と二人で撮った笑顔の写真をおもてに掛けて、扉は、開かなくなってしまった。どうすれば開くのか、という問題を正面から考えてみることはどことなく気恥ずかしく極まりが悪いような気がした。開かないものは無理に開けなくてよし、と知ったような顔をつくってビールの栓を抜いた。

冷えた王冠がテーブルの端に溜まっていき、その山が零れおちる寸前で家を出た。知らない道だった。歩きどおしでもちっとも疲れず、道がどこへ続いているのかいま自分はどこへ向かっているのか、それだけが気になって憑かれたように進んだ。間に合ってくれ、という思いが本当に自分の中から出てきたものであることを慎重に確かめながら、砂で重くなる靴を持ち上げ続けた。月も星もないぬるい闇の奥に、こちらを見つめる者の刺すような息づかいだけがある。

風が吹いて、ぽたりと雫が垂れた。見上げると、膨らんだ帆布の中で、赤銅色をした金属の棒と歯車がちいさく音を立てている。ふうわりと、籠が浮いた。紙きれを折り畳んでポケットにしまい、そのまま手で包んでみる。気球が突然、いななくように風を起こして上昇を始める。

花

コンビニでアルバイトをしている彼は
ある時ふいに
さしたるきっかけもなく
ありがとうございました
が言えなくなったとわたしにうちあけた
どうしても言えない
困惑気味に彼は言うのだった
レジに数字を打ち込んで
お金を受け取り
商品を袋に入れて渡す時
口をひらいても言葉は出てこない

いつもありがとうございます
花を
一輪ずつ集めるように
言っていた人を思い出す
真昼間の公園で
こぼれそうな笑みを浮かべながら
どこへ行くにも
専属のプロンプターを連れていて
言葉に詰まることなどないのだった
ありがとう、という言葉を
その人はことさらに愛した
だからわたしも
ありがとう、という言葉を
買って贈らなければならなかった

色つやの綺麗な言葉は
当然ながら高くつく
それでも
清潔で均整のとれた
その言葉を使う人に
わたしはあこがれていた
その言葉にお金を払うたび
わたしは毛並みの美しい
一羽の鳥になって
高く高く舞った
空の上は静かで
わたしたちは互いに
真っ白な羽根をそっと重ねて眠った

ありがとう、という言葉を

買わなくてもよくなった時
わたしは羽根を捨てて
地面を歩きはじめた
足の裏はまっくろに汚れ
爪が割れて血がにじんだ
靴が欲しかった
ひとつだけ真昼間のように
明かりの点いていた店に入ると
彼がそこでレジを打っていた
わたしを見ると何も言わずに
棚から靴を取って履かせた
わたしはお金を持ってなかった
だから何の言葉も買えず
困ってそこに立っていた

思うに
手持ちが尽きたのかもしれなかった
感謝の言葉を買うための
わずかばかりの彼の資金が

彼は淡々と働いた
相変わらずレジを打ち
在庫がなくなれば補充して
遅刻も無断欠勤もせず
ときどき仲間に冗談を言って笑ったりもしながら

べつだん困ることはないじゃない
なるべく明るく響くように
わたしは言ってみた
彼はつい、とそっぽを向いた

それでわたしは気づいてしまった
彼がずっと
小さな花を摘みたくて働いていたことに

暗譜

まるきり頭のなかに入れてしまえば、もう弾けるのだった。目の前に楽譜があると、のどもとにつめたい石板を突きつけられたように呼吸が浅くなり、ピアノを忘れてしまう。みっちりと粘土に刻みつけられた記号は厳重に保管されてきた死で、そこへもう一度息を吹き込みながら指を動かすすべをわたしは持たない。目を閉じて記号をさわり、指先から血のなかへのみこんでしまえば、曲はわたしのものだ。脈に合わせてなめらかに舞い、ところどころで跳躍しまた変質を繰り返すおとたち。音符を持たず、小節も捨てて、何度でもつくりなおされ続ける、たてもの、打ち崩されても再び建てられ始め、いつも完成しないひとつの塔。

暖炉

物心ついたとき
家には父がいなかった
母は何も言わなかった
父という単語すら
家の外へ締め出して
かかわらなくても済むようにした
自分がむすめを産んだことは
たしかなのであり
そのむすめはいるのだから
知らないふりはいくらでもできた
わたしたちはパズルをした

薄暗い部屋の畳の上で背をまるめ
同じ規格のピースを
もくもくと敷き詰めていった
時間になると母は立ち上がり
夕食をつくる
わたしたちは
向かい合って食事をした
食卓の脇のテレビでは
ホームドラマが始まる
繰り返し同じ場面がかかる
片腕をどうしたの
屈託なく訊いてくる子が
学校には何人かいた
屈託なく訊かれるたびに
わたしは解放されて

腕のない肩口を見る
風が
窓から吹き込んでくる
薄暗い部屋の中でわたしは
父がつないで持っていった
片腕の在りかを尋ねられない
口火を切ったとたんに　腕は
ハンマーのように戻ってきて
壊してしまうだろうから
もうすぐ完成するパズルの絵を
母は鏡に覆いをかける
さあおやつにしましょうと言う
わたしは窓を閉めて
紅茶を淹れる

腐葉土

ふるさとは窪んでいる
へその奥にあるひだの中に
まだ濡れた土が溜まっていて
そこから沁み出してくる
濃い酸素のような臭気が
土地の免疫をつくる
人々は口をとざして
窪みの底で暮らしている
その目はつねに半眼で　やさしく
とろとろと眠たげな顔と声で
よそ者を歓迎する

なす、
トマト、
きゅうり、
いちじく、
かきのもと、
菱の実、
土から採れるあれやこれやの実を食べて
どんちゃんさわぎが済むと
客の体はすっかり
外の世界を忘れてしまう

この夢の中に
大きな保育器の腐葉土に
わたしもかつて根をおろしていた
目を半分だけ閉じて

養分を吸い上げて
こぼれ落ちた実が土をふとらせ
また発芽する
何百年も何千年も何万年も
同じことが繰り返される
ことばをおぼえる必要なんかない
循環する時間にひたり
産土の神にまもられて
わたしたちは生きている

あるとき円環に亀裂ができて
風が吹き込んできてしまったので
根をぐっつり　引き抜いて
わたしはふるさとを出た
外界を忘れた客の代わりに

外へ出てみることにして
窪地の斜面をのぼり
雪を踏んで
山脈を越えた
根は足になり
歩いた跡はことばになる
少し歩いて振り返ると
この窪地は
エチゴへイヤという名前である
また少し歩いて振り返ると
この土地は
ニイガタという名前である

新潟は湿った土地である
出雲に神々があつまるように

この一帯には水があつまる
上越新幹線のなかで
眠ってしまったわたしの耳に
いちごゆざわ
いちごゆざわ
車掌の声が聞こえる
目を覚ますと越後湯沢にいる
窓の外にはこまかい雨がけむっている
母音がにじんでぼんやりとして
まだここらあたりの地名は
水を漲らせてふくらむ果実だ
もっと乾いたところへ行けば
葉っぱも蔓もへたも取られて
ふるさとは伝説になる
デパ地下のショーケースに並ぶ

ケーキの上の飾りになる

ふるさとは窪んでいる
苺ののったショートケーキを買って
一年ぶりに戻ってみると
窪みも臭みもぐっと深まり
わたしは急激に惹かれていく
まだ越後の国があった頃
地誌に記された漢語の裏に
みえかくれしていた音だけの国
口伝えに流布していく
水の揺らめきのような故郷に

人形

飯を食わないという触れ込みで
女は嫁いできた
食べないでいれば
女は完璧でいられた
背すじを伸ばして微笑む
車を運転する
買い物に行く
料理をつくる
掃除機をかける
洗濯ものを干す
世間話にも加わる

食べないでいれば
女は人形でいられた
食べないでいれば
女はうつくしく
聡明で
よく働き
誰からも好かれた
乾いた生活が
女には心地よかった
このまま土偶のように
乾ききって
動きをとめて
土に埋められてしまいたかった
それなのに
あと一歩のところで

完璧になれない
夜ごと　女は
スプレーで固めた髪をぬるま湯で溶かし
何十本ものピンをはずして
あたまのうしろの口を開ける
たべても
たべても
一日は完成しない
水槽の上に少し水が足りないように
体のどこかが空いている
からからから
からからから
歯車がまわる
女は補給を続ける
バベルの塔を建てようとする

人間たちのように
それがどこにも届かない塔であることを知らずに
達しようとする
完璧になりたい
もうずっと
完璧になって死にたいのに
水槽のふたの裏に
水が触れる　一瞬前に
流れて失われる時間
女は減る
ぶかっこうな一日を
食べながら
生き続ける

imperfection

ガラスの壁に囲まれたドールハウスの
しわひとつない、硬質なベッドに横たわる人形
周りにあるものは動かない
微風すらも生まれない
白昼夢のかたまりが浮遊する
永遠の……どこか
そんな絵が掛かっている
もうずっと前から

世界はちっとも完成されていない
進めば進むほど

ぼろぼろと欠けていくものを埋めたくて
たばこを吸ってみる
煙にまかれて
いい具合に修復された世界はまた
稼働をはじめる
煙が晴れたころ
この体は気づいてしまう
動く　というのは
崩れることでしかないと
でも気づかないふりをして
完璧ではない世界を嘆く
片づけても片づけても
おもちゃを投げて散らかす子どもを
真っ赤な顔で怒鳴りつけるように

相変わらず
何も解決しないままの部屋が朝を迎える
アルコールも　煙も　汗も
乾ききって壁に張り付くだけ
それでも世界は稼働を続ける
いくら補充をくり返しても
血のような欠落は止まらない

絵の具は褪せてひび割れてゆき
いつかその小さな欠片が
ついに剥がれ落ちるだろう

剥がれ落ちたものを拾うかわりに
私は生産をはじめる
欠落をのみこんで消化するために

世界にあわせて息をするために
作りはじめなくてはならない
胃薬でも酸素マスクでもなく
たまごの殻にくるみこまれた
新鮮な白昼夢を
ひとつ、またひとつ

インカレポエトリ叢書Ⅴ
稼働する人形
二〇二〇年一二月一〇日　発行
著　者　長谷川 美緒
発行者　知念 明子
発行所　七月堂
〒一五六―〇〇四三　東京都世田谷区松原二―二六―六
電　話　〇三―三三二五―五七一七
FAX　〇三―三三二五―五七三一
印刷　タイヨー美術印刷
製本　あいずみ製本

Kadou suru ningyou

Printed in Japan

ISBN978-4-87944-432-5　C0092